Carlo Goldoni, Florian Leopold Gassmann

Die unruhige Nacht

ein komisches Singspiel in drei Aufzügen

Carlo Goldoni, Florian Leopold Gassmann

Die unruhige Nacht
ein komisches Singspiel in drei Aufzügen

ISBN/EAN: 9783743413757

Hergestellt in Europa, USA, Kanada, Australien, Japan

Cover: Foto ©Andreas Hilbeck / pixelio.de

Manufactured and distributed by brebook publishing software (www.brebook.com)

Carlo Goldoni, Florian Leopold Gassmann

Die unruhige Nacht

Die unruhige Nacht,

ein

komisches Singspiel

in

drey Aufzügen.

Aus dem Italienischen.

Auf die Musik des verstorbenen Herrn Florian Gaßmann übersetzt.

Aufgeführt im kaiſ. königl. National-Hoftheater.

WIEN,
zu finden beym Logenmeister 1783.

Personen.

Oront, ein alter Landedelmann.

Cäcilie, sein Mündel.

Julchen, Cäciliens Schwester von etwa 13 Jahren.

Lottchen, Cäciliens Kammermädchen.

Landberg, Cäciliens Liebhaber, ein Hauptmann.

Johann, Landbergs Bedienter.

Lorenz, ein andrer Bedienter.

Der Schauplatz ist vor, und im Landhause Oronts, zu Theil auch in dessen Garten.

Erster Aufzug.

Erster Auftritt.

(Der Schauplatz ist vor Oronts Landhause unter dem Altane, der über der Thür herausgebauet ist.)

Landberg, Johann.

Johann. (mit einer Zitter in der Hand, singend.)

Höre mich geliebte Schöne,
    Du, die meine Brust verehrt,
Diese Lieder, diese Töne,
Hat die Liebe mich gelehrt.
Landb. (der dazu kömmt) Johann!
Joh. Gnädiger Herr?
Landb. Ist noch Niemand auf dem Altane?

Die unruhige Nacht,

Joh. Noch Niemand. Haben Sie nur Geduld, laßen Sie mich nur weiter singen.

    Dieser Liebe ganz ergeben
    Raub' ich mir der Nächte Ruh,
    Martervoll bring ich mein Leben
    Und versenkt in Schwermuth zu.

Landb. Nun?

Joh. Nur nicht gar so ungedultig! Ich brenne als Bedienter so feurig, wie Sie als Herr; doch muß ich mirs gefallen laßen —

Landb. Wenn ich nur Antwort auf meinen Brief hätte.

Joh. Lottchen hat sie mir diesen Abend sicher versprochen.

Landb. Ich seh noch Niemand.

Joh. Sie kommt gewiß.

    Aber wenn ich dich erblicke,
    Schnell erheitert sich mein Herz:
    Ich verliere mich im Glücke,
    Und vergeße jeden Schmerz.

Zweyter Auftritt.

Die Vorigen, Lottchen.

Lottchen. (auf dem Altane.)
    Seyd willkommen süße Lieder,
    Sanft erfüllet ihr mein Herz,
    Senkt euch in die Brust hernieder,
    Und gewehrt mir Wonnescherz.

Joh.

Joh. (für sich) Die Antwort war ja recht galant. (laut) Bist du da liebes Lottchen, bist du da?

Landb. Geschwind frage nach dem Brief.

Lottch. Guten Abend, Johann — — Aber wer ist denn da bey dir?

Joh. Niemand, als mein Herr; hast du die Antwort auf seinen Brief?

Lottch. Noch nicht. Cäcilia sitzt eben itzt in ihrem Kabinette, um sie zu schreiben. Sie hat bis itzt nicht allein seyn können. Warte nur hier ein wenig. In einigen Minuten bringe ich sie dir, und dann wollen wir mehr miteinander plaudern. (sie geht ab.)

Joh. Ich erwarte dich. (zu Landberg) Haben Sie es gehört?

Landb. Ich hab' es freylich gehört! — — Ich möchte vor Ungeduld vergehen.

Joh. Daß die Herren doch nicht warten können! Nehmen Sie sich ein Beyspiel an mir; ich liebe Lottchen so sehr, als Sie das Fräulein, doch murre ich nicht. Freylich sind die Kammermädchens oft beständiger, als die Fräuleins.

Landb. (ungeduldig) Hör, ich will indessen einige Strassen ablaufen, damit man uns hier nicht beysammen trift — —

Joh. Klug, gnädiger Herr! Wenn man herumlauft, wird einem die Zeit nicht so lange, als wenn man auf einem Flecke steht.

Landb. Wenn ich aber keine Antwort bekäme!

Die unruhige Nacht,

Joh. Ey, Sie hören ja, daß sie eben daran schreibt.

Landb. Also schreibt Cäcilie itzt an mich? — O wenn ihre Empfindungen nur halb so zärtlich sind als die meinigen: wie wird sie mir schreiben! Du weißt es, wie heftig diese Liebe ist.

Du mein Freund, du kennst die Plagen,
Die mein zärtlich Herz verwunden,
Meine Seufzer, meine Klagen,
Alle Qual, die ich empfunden!
Soll ich hoffen? Darf ichs wagen? —
Nein, ich seufze nicht vergebens,
Mit dem beßten Glück des Lebens
Wird der Lohn der Liebe mein.
Wie werd' ich mein Glück empfinden!
Jeder Kummer wird verschwinden,
Mich erwarten tausend Freuden,
Und dann werden meine Leiden,
Meine Zweifel nicht mehr seyn.
(geht ab.)

Dritter Auftritt.

Johann, Lorenz (an der andern Seite, ohne von jemanden gesehen zu werden) hernach **Lottchen**.

Joh. Es ist mir lieb, daß er fortgeht. Er ist zwar mein Vertrauter auch, aber ich mag doch lieber mit Lottchen unter vier Augen reden.

Lo-

Lorenz. (für sich) S'ist doch närrisch, wenn man einmal angeschossen ist. Da kann ich nun keinen Abend zu Hause finden, ohne hier bey dem Hause vorbeyzugehen, wo Lottchen wohnt. Und die meiste Zeit geh ich doch umsonst vorbey! — Aber stille, da regt sich ja was; was gilt's, es ist der spitzbübsche Johann.

Joh. (für sich) Nun, die machts auch ziemlich lange. Es ist nun eben so tröstlich nicht, so lange in der Abendluft zu stehen.

Lottch. (auf dem Altan) He! Johann!

Joh. Was giebts?

Lor. (für sich) Richtig! wieder der Schurke!

Lottch. Du bist doch noch da?

Joh. Ey freylich! ist der Brief fertig?

Lottch. Noch nicht, aber bald, ich wollte dir nur sagen, du solltest dir die Zeit nicht lange werden lassen.

Joh. Nun so bleib du wenigstens da, so wird sie mir so lange nicht währen. Wenn wir nur einander in der Nähe sprechen könnten. Aber du da eine Klafter hoch über mir, und ich eine Meile weit unter dir; das Ding gefällt mir nicht.

Lottch. Wer kann helfen. — Ich möchte eben so gern näher mit dir sprechen, ich habe dir viel zu sagen.

Joh. Ich dir ebenfalls. Denn, weißt du wohl, daß mich die Eifersucht ein wenig plagt?

Lottch. Du bist eifersüchtig? auf wen?

Joh. Auf den Limmel Lorenz.

Lor. (bey Seite) Wart Spitzbube, ich will dich lehren, so von mir zu sprechen.

Lottch. O deßhalb sey ohne Sorge, ich kann ihn nicht einmal sehen, so zu wieder ist er mir.

Lor. (bey Seite) Das will ich dir gewiß denken.

Lottch. Wenn du Herz hätteſt, Johann, so wollt' ich dir einen Vorschlag machen, daß wir einander diese Nacht so nahe, als uns beliebt, sprechen könnten.

Joh. Herz? — — Ein Liebhaber und kein Herz! laß hören!

Lottch. Du weißt doch, daß die Gartenmauer an der äußern Seite schadhaft ist?

Joh. Gut — und weiter?

Lottch. Wenn du darüber einen Sprung wagen wolltest.

Joh. Gerne, — aber Mädchen, das Ding wird nicht gehen.

Lottch. Nun, warum denn nicht?

Joh. Hinauf kann ich nun wohl; aber der Garten ist tiefer, als die Straße, wie komme ich hinunter?

Lottch. Dafür laß mich sorgen! Ich setze dir inwendig eine Leiter an.

Joh. Vortreflich! O, liebes Lottchen, du bist ein englisches Mädchen.

Lottch. Ja, wenn du es nicht wärest, und wenn ich dich nicht so lieb hätte. —

Lor. (für sich) Ey, du Spitzbübinn! — wart, ich will euch einen Querstrich durch eure Rechnung machen.

Joh. Denn wollen wir alles ausmachen, unsern Hochzeittag, — die Hochzeitgäste — unsere
Wirth-

Wirthschaft — alles. Jetzt mache nur Lottchen, daß ich den Brief bekomme. Mein Herr wartet mit Schmerzen darauf.

Lottch. Gleich sollst du = = = verzweifelt! da sehe ich unsern alten Herrn zu Hause kommen, geschwind mache dich fort; so bald er ins Hauß herein ist, sey wieder hier, da gebe ich dir den Brief. (Johann und Lorenz gehen auf die Seite.)

Vierter Auftritt.

Oront, ein Bedienter mit einer Laterne, der ihm zu Hause leuchtet.)

Oront. Ehe ich die beyden Mädchen versorgt habe, werde ich nun wohl keine Nacht Ruhe haben. Ich merke es lange, daß der Aeltesten was im Kopfe liegt. Schon ein halbdutzend Fragen habe ich wahrgenommen, die — sie kommen mir immer mit der Aussteuer; das geht nicht. Ich wäre wohl ein Narr, wenn ich ein Kapital aus den Händen geben wollte, das mir jährlich — — sachte, da regte sich wieder was! — (zu dem Bedienten) Komm, wir wollen hinein gehen. Meine Thür und Fenster sind gut verwahrt; wenn's Spitzbuben sind — doch davor bin ich sicher. (er geht mit dem Bedienten ins Haus.)

Die unruhige Nacht,

Fünfter Auftritt.

Lottchen, Lorenz.

Lottch. (auf dem Altane) Er ist herein! geschwinde, Johann!

Lor. (mit verstellter Stimme) Da bin ich!

Lottch. Da ist der Brief.

Lor. Wo denn?

Lottch. Ich habe ihn hier in ein Körbchen gelegt, das ich dir hinunter laßen will. Nimm ihn geschwinde heraus. Ich hab' dir noch was dazu gelegt.

Lor. Schon gut. (er nimmt den Brief und ein Stück Braten aus dem Korbe) (für sich) Ein Rostbradel! o das soll schmecken, Herr Johannes!

Lottch. Längstens in einer halben Stunde legt sich der Alte nieder, dann erwart ich dich!

Lor. (für sich) Ich will gewiß davon profitiren.

(gegen das Fenster.)
Ganz gewiß! du kannst drauf zählen!
(für sich halblaut.)
Welch herrliches Vergnügen
Den Schurken zu betrügen!
(wieder gegen das Fenster.)
Rechne drauf! ich werd' nicht fehlen!
(für sich halblaut.)
Aber wenn sie mich entdecken
Setzt es sicher derbe Schläge —

Ey ich will mich schon verstecken.
Schleich' im Stillen meiner Wege
Ueber Hals und Kopf davon;
Und laß Hannsen im Gedränge
Sich erholen seinen Lohn.
   Recitativ.
Doch ich seh' nichts mehr am Fenster — —
He! hörst du nicht? — — ob ich geh? —
Welche Freude! welch' Ergötzen!
Zum gedeckten Tisch sich setzen,
Und auf andrer Kosten fressen!
O ich will mich nicht vergessen
Wenn der Spaß nur lange währt!
Dieß Gerüchte soll mir schmecken
Lachend wird es aufgezehrt.   (geht ab.)

Sechster Auftritt.

Lottchen auf dem Altane, **Johann.**

Joh. (für sich) Jetzt ist wieder alles ruhig; nun wird sie wohl bald kommen.

Lottch. He, Johann!

Joh. Bist du schon wieder da?

Lottch. Was sprachst du denn da bey dir selbst? — Ich dachte, du wärest schon fort.

Joh. Ey, ich machte mich ja nur bey Seite, wie der alte Herr kam. Aber nun gehe ich nicht eher, bis du mir den Brief giebst.

Lottch. Närrchen! den habe ich dir ja schon gegeben?

Joh.

Joh. Schon gegeben? — wenn denn? — wo denn? —

Lottch. Hast du ihn denn nicht aus dem Korbe weggenommen, den ich hinunter ließ?

Joh. Weggenommen? — aus dem Korbe? — Höre Lottchen, entweder du träumst, oder es geht hier nicht mit rechten Dingen zu.

Lottch. Ich habe doch das Körbchen leer wieder heraufgezogen; es war auch ein Rostbratel drinn: ich rief dir zu, du hast mir auch geantwortet.

Joh. Ich, wahrhaftig nicht. So wahr ich Johann heiße! Das muß ein andrer gewesen seyn; vielleicht gar der Alte.

Lottch. Nicht doch, der war schon herein.

Joh. Nun, so war's gewiß mein Herr; denn sonst war ja hier keine Seele auf der Gaße. Aber Lottchen — —

Lottch. Stille, da kommt wieder jemand. Ich muß fort; aber sieh nur zu, daß du dahinter kömmst. (geht ab.)

Siebenter Auftritt.

Johann, Landberg.

Joh. Verdammter Streich! —

Landb. Nun, Johann, hast du den Brief?

Joh. Ey, Herr Hauptmann! Wollen Sie Spaß treiben!

Landb.

Landb. Itzt wär's auch Zeit dazu! — Hast du ihn noch nicht? Ich warte schon über eine halbe Stunde.

Joh. Was sollten Sie auch nicht! — Im Ernste, gestehen Sie es nur, Herr Hauptmann, Sie waren eher hier, als ich.

Landb. Eher hier?

Joh. Ja ganz sicher! und da hat Lottchen den Brief in einem Korbe herunter gelassen, und da haben Sie ihn gleich weggehascht. Nun den will ich Ihnen gerne laßen, aber mein Rostbratel bitt ich mir aus!

Landb. Das will ich dir auf deinem Rücken braten, verdammter Kerl — den Brief her.

Joh. Bey meiner Treu, ich hab ihn nicht, Herr Hauptmann. — Aber zum Henker, haben Sie ihn denn im Ernste auch nicht? —

Landb. (zornig) Verdammter Kerl! — —

Joh. Nu, nu, nur Gedult, ich bitte gehorsamst. Ich will Ihnen die ganze Historie erzählen.

Landb. Raisonnire nicht! Den Brief, oder — — Hier ist der Ort nicht; ich gehe nach Hause; aber kömmst du ohne den Brief, so schmiere nur deinen Rücken ein. (mit den letzten **Worten geht er drohend ab.**)

Achter

Achter Auftritt.

Johann allein.

Das will ich wohl bleiben laßen — Verfluchter Streich! — Eines Theils hat er Recht! — Ich kann nur nicht begreifen, wie? — — sollte mich das Mädel wirklich foppen? — — das wäre zu viel! Sie wär' freylich nicht die erste, und mir wurmts immer im Kopfe, daß ich so oft das Affengesicht den Lorenz hier herum schleichen sehe. Sollte sie wirklich mit ihm verstanden seyn? Nicht möglich; sie hat mich ja heut Nacht bestellt. Wenns aber nur ein Streich wäre mich in die Falle zu locken? — — Ey! das ist zu viel Argwohn. Ich komme, und laße mich nichts abschrecken.

Ich will mich herzhaft zeigen
Die Liebe hilft mir siegen! —
Sie sollte mich betrügen!
O nein, das wird sie nicht.
   Die Mauer zu ersteigen? —
He, sachte! — laß doch sehen!
Es möchte doch nicht gehen!
Behutsamkeit ist Pflicht.
Hinauf, das fodert Herz;
Dann wieder niederwärts.
Die Nacht ist finster, trübe;
Mich ängsten Furcht und Liebe; —
Nur lustig! zittre nicht!
   Ich will den Sprung beginnen,
Der so viel Glück verspricht.

ein komisches Singspiel.

Wer wagt, kann leicht gewinnen;
Verwegenheit ist Pflicht!

Neunter Auftritt.

(Das Theater wird verändert und stellt einen Garten vor: an der einen Seite ist die Mauer schadhaft, und von innen eine Leiter angesetzt.)

Cäcilie, Lottchen.

Lottch. So ist's gnädiges Fräulein; ich bin so unruhig, wie Sie.
Cäcil. Ums Himmelswillen, wem ist mein Brief in die Hände gekommen?
Lottch. Das weiß ich nicht, ich konnte mit dem Johann nicht weiter reden!
Cäcil. Wenn ihn mein Onkel bekommen hat, so bin ich verlohren — —
Lottch. Das gewiß nicht, der war ja schon im Hause.
Cäcil. Und jeder andre —
Lottch. Weiß viel, was er sagen will. Denn unterschrieben werden Sie sich doch nicht haben, das wäre wieder den Liebesstyl.
Cäcil. Nur keine Poßen itzt.
Lottch. Nur Geduld, wir wollen doch noch dahinterkommen. Johann steigt heute Nacht hier über die Mauer, da werd ich mit ihm reden, und—
Cäcil. Still! ich höre jemand.

Lottch.

Lottch. Wer kann das seyn? O verwünscht! Ihre kleine Schwester.

Cäcil. Da haben wir's — Nun sind wir gewiß verrathen.

Zehnter Auftritt.

Julchen, Vorige.

Julch. Sieh da! dachte ichs nicht, daß wir uns hier treffen würden? Wie so spät im Garten?

Cäcil. Die Nacht ist so schön — —

Julch. (spöttisch) Ja, so schön, so schön — drum bin ich auch herein gegangen.

Lottch. Nehmen sie sich in acht, Fräulein, die Abendluft ist ihnen gewiß schädlich.

Julch. O großen Dank für die freundschaftliche Besorgniß. — Ich freue mich doch, daß ich so glücklich gerathen habe. (zu Cäcilien) Ich hörte dich mit Lottchen aus deinem Zimmer schlupfen, da dachte ich gleich, ihr giengt in den Garten, und bin euch nachgelaufen.

Cäcil. Und warum denn das?

Julch. (immer noch spöttisch) O du weißt es ja, wie lieb ich dich habe, wie gern ich in deiner Gesellschaft bin.

Lottch. (bey Seite) Daß wir sie doch mit Ehren loß werden könnten! Im Ernste, gnädiges Fräulein, sie werden sich erkälten.

Julch. Ey, wie besorgt du auf einmal für meine Gesundheit geworden bist. — — Aber hört, sagt

sagt mir die Wahrheit, was macht ihr hier? Laßt mich mit um euer Geheimniß wissen, wo nicht, so gehe ich gleich zum Onkel.

Cäcil. Liebes Julchen — —

Lottch. Wir wollten Ihnen unser Geheimniß nun wohl entdecken, gnädiges Fräulein, aber Sie können nicht schweigen.

Julch. Nicht schweigen! O wenn ich schweigen will, da kann ichs wohl.

Lottch. Nun, so hören sie; aber sagen sie es ja niemanden wieder.

Julch. Keiner Seele!

Lottch. Hören sie — — aber es bleibt unter uns — wir warten hier = = =

Julch. Ha! das dachte ich gleich, daß ihr auf jemanden warten würdet.

Lottch. Wir warten hier auf den Mond.

Julch. Auf den Mond?

Cäcil. Ja, liebes Julchen, auf den Mond.

Lottch. Nicht anders, denn sehen Sie nur, der gelehrte Herr Professor, der vor acht Tagen hier Ihren Herrn Onkel besuchte — Sie wissens doch noch? der immer des Abends so fleißig nach den Sternen guckte?

Julch. Nun ja, was soll denn der?

Lottch. Sehen Sie, der sagte uns, in dieser Nacht hätten wir Vollmond, und das wäre eine merkwürdige Nacht für uns.

Julch. Eine merkwürdige Nacht für uns?

Lottch. Ja, sehr merkwürdig; denn wenn wir gerade um 12 Uhr den Mond von dieser Stelle aus ganz hell, und ohne Gewölke sehen würden, so bedeutet das lauter Glück; wär aber ein Hof umher, das bedeutet viel widriges Schicksal.

Julch. (spöttisch) Ey wirklich! — Nun, das muß ich doch auch abwarten. Ich bin so neugierig auf mein künftiges Schicksal, wie ihr immer seyn könnt.

Lottch. Nein, Fräulein, das geht nicht. Sie müssen in diesem Monate gebohren seyn, und das sind gerade ihr Fräulein Schwester und ich. Ihr Geburtstag war ja vor drey Wochen.

Julch. Ja, so hilft mirs freylich wohl nicht. (bey Seite) Wart! ihr sollt mich nicht umsonst angeführt haben. (laut) Nun, ich will nur wieder gehen. Viel Glück indeß zu eurer Beobachtung! Es ist nicht lange mehr bis 12 Uhr, und seht, der Mond steht schon sehr schön.

Seht den Mond aus Silberwolken
Voller Anmuth auf euch blicken.
Welche Freude, welch Entzücken,
Kündigt euch die Zukunft an!
Doch, die Silberwolken fliehen;
Seht wie Nebel ihn umziehen;
Arme Kinder, eure Freude
Eure Hofnung flieht hindan.

(sie geht ab.)

Eilfter Auftrit.

Cäcilie, Lottchen, hernach Oront.

Cäcilie. Hast du gehört, wie zweydeutig? Wahrhaftig, mir wird bange.   Lottch.

Lottch. Fürchten sie nichts, es ist ein Kind, und einfältig.

Cäcil. Tückisch, sag lieber; ich kenne sie beßer.

Lottch. Wenn auch, ich warte, bis sie und der alte Herr schlafen, dann erwart' ich hier meinen Johann.

Cäcil. Vor allen Dingen such' hinter die Geschichte des Briefes zu kommen.

Lottch. Das versteht sich.

Cäcil. Hernach sag ihm, er soll seinem Herrn sagen, ich verlangte sehr ihn zu sehen und zu sprechen.

Lottch. O ich will ihm noch mehr sagen! —

Cäcil. Aber sey behutsam — —.

Oront. (aus dem Hause) (für sich) Da sind sie: Julchen hat mir die Wahrheit gesagt.

Cäcil. Wenn's mein Onkel erführe — —

Lottch. O da seyn sie ganz ruhig; der soll nichts erfahren.

Oront. (tritt zwischen sie) Nein, kein Wort!

Cäcil. (schreyt) Ach!

Lottch. (ebenfalls laut schreyend) Ein Geist! Ein Geist!

Mein Herz — mein Innres bebet,
Der Athem fällt mir schwer.
Ein Schwarm von Geistern schwebet
Erschrecklich um mich her.

(zu Cäcilien)
Bleiben sie, sie sollen sehen,
Ihr Herr Onkel wird bald gehen,

Und wenn auch — (laut) Ach! ach!
Kaum kann ich mehr recht stehn,
Ach! wie wird mirs noch ergehn!
Mir starren alle Glieder,
Vor Furcht sink ich noch nieder;
O welche Schreckens Nacht!
(zu Cäcilien)
Nur Geduld, sie werden sehen,
Unser Alter wird bald gehen.
Glauben sie mir auf mein Wort
Es geht zuverläßig fort.
(laut)
Böser Geist entferne dich,
Schon so lange plagst du mich.
(sie eilt davon.)

Zwölfter Auftritt.

Cäcilie, Oront.

Oront. Ich will dirs schon gedenken! — Aber du? was machst du hier?

Cäcil. Ach! liebster Onkel — — ,

Oront. (stark schreyend) Was machst du hier?

Cäcil. Herr Onkel — —

Oront. Ich will die Wahrheit wißen.

Cäcil. Nun wohl — — Ich will Ihnen alles sagen — wenn sie nur nicht böse werden.

Oront. Ich versprech' dir's — aber verhehle mir ja nichts.

Cäcil. Sie wollen es?
Oront. Ohne Umstände!
Cäcilie.

Wohl Herr Onkel! ‑ ‑ ‑ Hören Sie:]
Eben kam' ich — voller Schrecken — —
(Lügen kostet zu viel Müh
Lieber will ich's ihm entdecken.)
Sie sollen reine Wahrheit hören:
Meinem Herzen ward — so schwer —
Kurz: Liebe brachte mich hieher.
Ich muß Ihnen frey gestehen,
So die Zeit vergehen sehen,
Und veralten mag ich nicht.
Drum bitt' ich lieber Onkel,
Handeln sie nach ihrer Pflicht.
Dieß mein Wünschen, mein Begehren
Hof' ich, werden Sie gewehren,
Es ist billig, nichts dagegen,
Halten Sie drum mein Vermögen,
Unterdessen nur bereit.   (geht ab.)

Oront. (allein, ironisch) Wie Sie befehlen, mein Kind! — Ich steh da, wie eine Statue, über die Frechheit des Mädchens ‑ ‑ ‑ Doch im Grunde hat sie so gar unrecht eben nicht. Wie viel Mädchen von ihrem Alter giebts denn wohl, die nicht eben so dächten? — Aber, beym Element! Sie muß noch warten. Ich habe ihr Vermögen in Händen; ich genüße die Intressen davon, und die sollte ich so für nichts und wieder nichts verlieren?

Itzt schon sollt' ich sie vermählen? —
Da verlör ich meine Renten,
Den Genuß von sechs Procenten! —
Nein, das wäre Selbstbetrug.
Laß sie noch sechs Jahr verschieben
Da wird sie vernünft'ger lieben.
Mädchen! ach, ihr solltet länger
Vor der Ehe-Band euch scheuen.
Denn es wieder zu bereuen,
Kommt ihr immer früh genug.
Doch, was giebt's? — was giebt's von neuem?
Dort glaub ich einen Lärm zu hören.
Muß man mich denn immer stören?
O wie lange soll das dauern!
Immer hüten, immer lauren!
Nein, daß Ding geht doch nicht klug.
(er geht im Hintergrunde des Theaters ab.)

Dreyzehnter Auftritt.

Lorenz auf der Garten Mauer: er sucht
die Leiter, findet sie, und steigt hin-
über. Hernach **Oront**, und dann
Johann.

Lorenz.
Nun da bin ich — kein Geräusche!
Unterdeß versteck' ich mich!
Wenn ich hernach mein Lottchen täusche —
Rächt an beyden Lorenz sich!

Re-

Recitativ.
Oront.
Vergebens such' ich hier in allen Hecken;
Doch ich will mich gänzlich sicher stellen,
Und nun in allen Ecken
Des Hauses suchen == — (geht fort.)
Lorenz.
Verdammter Streich! — mir wird bange!
Das war des Alten Stimme. Den glaubt'
ich lange
In Federn bis ans Ohr.
Nun geh' ich meiner Wege,
Denn zuletzt wär ich der Thor,
Und kriegte Schläge.

(Er sucht die Leiter, steigt hinauf, in dem Augenblicke kommt aber Johann auf die Mauer, sucht ebenfalls die Leiter, steigt herab, und kommt mit den Füßen auf Lorenz's Kopf, welcher zitternd zurückfährt.)

Joh. (zitternd ebenfalls.)
Was war da, das mich erschreckte?
Und was macht mich so verzagt?
Wenn mich jemand hier entdeckte! —
Doch — es ist einmal gewagt.

Lor. (für sich) Wieder eine andere Stimme! — Das ist gewiß Johann.

Oront. (der von der Seite, wo er abgegangen ist, zurückkömmt) Nein, auch da ist nichts. Nun werd' ich mich doch einmal ruhig zu Bette legen können. — (er stößt an die Leiter) Holla! was ist das? Wer ist das?

Lor.

Lor. (für sich) Da ist der Alte schon wieder.
Joh. (für sich) Ey verzweifelt — ich bin noch zu früh gekommen! Ich will mich verstecken. (er kriecht hinter die Leiter.)
Oront. Was zum Henker! Eine Leiter! — Hier ists nicht richtig. (er nimmt die Leiter weg, und sagt im Abgehen) Die Spitzbuben will ich schon ertappen. Ich will ins Haus gehen, und meine Leute herholen.

Vierzehnter Auftritt.

Lorenz, Johann, (der hinter der Leiter hervorkömmt) hernach Oront und Lottchen.

Joh. Welch ein Schrecken! — ich muß gehen;
Hier kann ich nicht länger stehen.
Ich betrog den guten Alten,
Der mich für die Wand gehalten;
Fester kann die Wand nicht stehn.
Lorenz. (von der andern Seite)
Nein, mir möcht' es schlimm bekommen
Zuviel hab ich unternommen.
Ohne Neugier geh ich weiter.
Aber wie? — wo blieb die Leiter! —
Ey verwünscht! es wird nicht gehn.
Joh. Wieder was! bey meiner Ehre!
Lor. Halt, was hab ich da vernommen?
Joh. Wenn es doch mein Lottchen wäre!
Lor. Ha da wird die Falsche kommen!
Beyde. Stille, stille, laß doch sehn!

Joh.

ein komisches Singspiel.

Joh. St! st! st!
Lor. St! st! st!
Joh. Ha! bist du es?
Lor. Bist du es?
Joh. Ja, mein Leben!
Lor. Laß dich finden!
Joh. Und wo bist du?
Lor. Laß dich finden.
Beyd. Alle Schrecknüsse verschwinden;
Nun wird alles glücklich gehn.

(Sie tappen im Finstern, kommen einander näher, fassen endlich einer des andern Hände, und fahren erschrocken zurück.)

Joh. Ha! da ist sie!
Lor. Endlich! endlich!
Joh. Was entdeck ich!
Lor. O verzweifelt!
Beyd. Ach für Furcht möcht ich vergehn.

Lottchen. (im Hereintreten.)
Diese frohen Augenblicke,
Weih ich Liebe deiner Freude.
Lächle du mit heiterm Blicke,
Lächle gütig auf uns beyde!
Kein Verdruß stör' unsre Freude,
Und die Mißgunst lausche nicht!
St! st! st!

Johann und Lorenz.
Seht, er denkt mich zu berüken,
Der verschlagne Bösewicht!
Lottch. St! st! st!
Joh. und Lor. St! st! st!
Lottch. Bist du's Beßter?

Joh. und Lor.   Ja, ich bin es,
Lottch. Dich erwart ich mit Entzücken
    Johann und Lorenz.
Närrisch genug, daß der Betrüger
Grade so, wie Lottchen spricht.
Lottch. Doch, wo bist du?
Joh. und Lor.   Siehst du nicht?
Lottch. Was war das? von beyden Seiten?
    Johann und Lorenz.
Komm mein Lottchen, meine Liebe!
(Sie gehen auf einander zu und faßen sich bey den Händen.)
Beyd. Halt, Verräther!
Lottch.   Diebe! Diebe!
    Johann und Lorenz.
Welche Hände! — War es Lottchen?
Lottch. Bist du's, Bester?
Johann und Lor.   Ja, ich bin es.
Lottch. Wie, da spricht ja mehr als einer.
    Johann, und Lorenz.
Komm doch her, du meine Liebe.
Lottch. Rettet! rettet! = Diebe! Diebe!
Oront. (der mit einem Lichte herein-kömmt, und Leute bey sich hat.)
Halt ihr Schurken! Ihr Gesindel!
Euch soll eure Müh verdrüßen;
Hascht sie eilig, laßt sie schlüßen,
Laßt sie ja mir nicht entgehn!
    Johann und Lorenz.
Ach verzeihn Sie dies Vergehn!

Oront.

Oront. (zu Lottchen.)
Und was hast du hier zu stehn?
Lottchen.
Ich hab wahrlich nichts gesehn.
Oront.
Nein, so laß ich dich nicht gehn;
Alles mußt du mir gestehn.
(Lottchen reißt sich von Oront los, und wirft ihm das Licht aus der Hand: alle bleiben im Dunkeln.)
Oront.
Hat man so was je gesehn?
Leute haltet ja die Schelme,
Stellt euch eilig um sie her!
Laßt sie drinnen fest verschlüßen,
Sitzen, fasten, nichts genüßen,
Sie betrogen mich zu sehr.
Alle.
Welche Nacht voll Furcht und Schrecken!
Welche Dunkelheit umher!
Keine Spuhr ist zu entdecken,
Keinen Ausgang sieht man mehr.
Sicher kann man hier nicht gehen,
Ruhig läßt sichs hier nicht stehen,
Welche Nacht voll Furcht und Schrecken!
Welche Dunkelheit umher!

Ende des ersten Aufzugs.

Die unruhige Nacht,

Zweyter Aufzug.

(Der Schauplatz ist ein Zimmer in Oronts Hause.)

Erster Auftritt.

Lottchen allein.

Gott der Liebe! meine Leiden,
　Meinen Schmerz wirst du belohnen;
Endlich senkst du sanfte Freuden,
In mein sorgenvolles Herz.
Wenn die Sorgen sich zerstreuen,
Und kein Gram nicht mehr zu scheuen,
Leicht verliehrt sich da der Schmerz.

Wenn ich nicht noch die Hoffnung hätte, so bliebe mir nichts übrig. Meinen Johann hat man mir entrissen; man hat ihn hier eingesperrt; noch weiß ich nicht, wo! Der Alte lief voller Wuth aus dem Hause. Ich glaube, er hat den Morgen nicht erwarten können, um das Gericht zu Hülfe zu nehmen. Alles ist in Unruhe. Zum Glück hab' ich auch einen Schlüssel zu den Gemächern, wovon Niemand etwas weiß. Doch ich will nicht fehlschüßen — Lorenz steckt auch in einem von beyden,

den, in welchem aber? Das weiß ich nicht. Ich will sehen, ob mirs mein Herz nicht sagt, wo Johann steckt.

Zweyter Auftritt.

Lottchen, Johann.

Lottch. (klopft an einer Thüre.)
Joh. (von innen) Wer klopft?
Lottch. Bist du da?
Joh. Ja, ich bin da.
Lottch. Johann!
Joh. So heiß ich.
Lottch. Betrügst du mich nicht?
Joh. Das mal nicht. Ich bin's mit Leib und Seel.

Lottch. Geduld, Geduld, ich will dich gleich heraus lassen. (öfnet die Thüre.)

Joh. (der herauskömmt) Ein schöner Streich!
Lottch. Ja der verdammte Alte!
Joh. Ey über den beklag' ich mich nicht so sehr, als über dich.

Lottch. Ueber mich? Warum?
Joh. Du fragst noch? Bestellst mich die Nacht her, setzt mich der Gefahr aus, den Hals zu brechen, und bestellst zugleich die Meerkaze den Lorenz?

Lottch. Das ist abscheulich, so von mir zu denken.

Joh.

Joh. Aber, so erkläre mir doch, wie er sonst hätte die Mauern erklettern und die Leiter finden können?

Lottch. Es ist wahr, es läßt sich schwer zusammen reimen, wie der Schlingel das alles hat ausspioniren können.

Joh. Ohne daß du es ihm gesteckt hast!

Lottch. Du thust mir mit deiner Eifersucht erschrecklich unrecht.

Joh. Ey ertrag du's nur mein Schatz, ich muß es auch ertragen.

Lottch. Laß es gut seyn, ich liebe dich, und damit gut. Aber wie ist's wegen dem Briefe, hat er sich gefunden?

Joh. Ey bewahre der Himmel!

Lottch. So ist's richtig, der Schurke, der Lorenz ist wo versteckt gewesen, hat alles gehört, und hat ihn weggenommen.

Joh. O der Galgenstrick! wenn ich ihn sehe, so errett ich ihn.

Lottch. Nicht so laut, er ist da eingesperrt.

Joh. Das ist vortreflich, kann ich ihn nicht ein wenig sehen?

Lottch. Ich habe freylich den Schlüsel, aber wenn der Alte zurückkäme — = Lassen wir ihn lieber in der Klemme sitzen, und mach du dich aus dem Staube, da der Alte nicht zu Hause ist.

Joh. Ich soll fortgehen? Oh! von Herzen gern! aber die Zeit vergeht mit dem Plaudern und ich bin gewohnt zu Nacht zu essen, und mich hungert entsetzlich.

Lottch.

ein komisches Singspiel.

Lottch. Itzt ist die schönste Gelegenheit ohne Gefahr zu entkommen.

Joh. Aber — — ich soll fortgehen, und Lorenz bleibt da? und du hast den Schlüssel? Nein, nein, die Eifersucht ist stärker, als der Hunger.

Lottch. Bist du gescheit?

Joh. Ich geh, holl mich der Teufel, nicht fort! Wenn er hier bleibt, bleib ich auch hier, ich will die Karte aufdecken, und wenn ich vor Hunger umkommen sollte.

Lottch. Nun so bleib hier, wenn du willst, geh aber wieder hinein.

Joh. Wieder hinein?

Lottch. Wenn der Herr käme, und er fände dich hier?

Joh. Gut, ich geh hinein, ich bin zwar ganz abgemattet, aber ich will es doch dulden.

Lottch. Und wegen dem Hunger — —

Joh. Der martert mich entsetzlich!

Lottch. Sey unbesorgt, ich werde dir schon was zu Eßen bringen.

Joh. Ach! das heiß ich Liebe! das heiß ich gern haben. Itzt fang ich an vergnügt zu seyn. (bey Seite) Liebe und Hunger sind ein paar entsetzliche Martern.

Lottch. Ich hab' noch einen Milchrahmstrudel —

Joh. O der wird schmecken!

Lottch. Und hernach einen Teller Gerstennudeln.

Joh. O du Engel!

Lottch. Jetzt geh aber, geh.

Joh.

Joh. Leb unterdessen wohl, portrefliches Lottchen, aber vergiß mich ja nicht.

Kind, ich liebe dich so herzlich,
Leid und quäle mich dabey!
Doch itzt hungert mich entsetzlich
Mach mich von der Marter frey!
(Wie viel Qualen muß ich doch ertragen!
Liebe! Argwohn! und ein leerer Magen!)
Bring nur bald den Milchrahmstrudel.
(So nah' den Nebenbuhler haben,
Muß doch fürwahr im Herzen graben!)
Bring mir auch die Gerbennudel,
Und erleichtre meine Pein!
Kriegt mein Magen frische Säfte,
O dann fühl ich neue Kräfte,
Und kann wieder duldsam seyn.

(er geht wieder in sein Gemach und Lottchen sperrt zu.)

Dritter Auftritt.

Lottchen, hernach Cäcilie.

Lottch. Eine wichtige Ursache eingesperrt zu bleiben! Seine Eifersucht übertrift alles.

Cäcil. Ach ums Himmelswillen, liebstes Lottchen!

Lottch. Nun, was giebts?

Cäcil. Ach du mußt mir helfen!

Lottch. Was ist's denn?

Cäcil.

Cäcil. Höre nur. Ich lag im Fenster, denn ich konnte mich vor Unruhe noch nicht niederlegen, der Mond schien noch ganz helle, auf einmal werde ich Landberg gewahr, er redet mich an, bittet mich ihn nur auf einen Augenblick herein zu lassen, und — — ich habe ihm die Hausthüre aufgemacht, und er kömmt mir nach. Er ist schon auf der Treppe.

Lottch. Aber sagen Sie mir, was fangen Sie an?

Cäcil. Es ist sehr unbesonnen, das ist wahr; aber es ist nun einmal geschehen. Da kommt er schon.

Vierter Auftritt.

Die Vorigen, Landberg.

Landb. Endlich einmal, beßte Cäcilie — —

Lottch. Geschwinde, geschwinde, faßen Sie sich kurz, wenn Sie dem Fräulein was zu sagen haben.

Landb. Den Augenblick — Endlich meine theuerste Cäcilie — —

Lottch. Ja, endlich und endlich — machen Sie nur, sonst haben wir neues Unglück.

Landb. Darf ich hoffen, beßte Cäcilie, daß Sie endlich ‚ ‚ ‚

Lottch. Ey mit Ihrem endlich — Ich will dem Dinge bald ein Ende machen. Hören Sie Herr

Herr Hauptmann, nicht wahr, Sie sind meinem Fräulein gut?

Landb. O mein ganzes Herz ist Ihr.

Lottch. Nun gut, und Sie, Fräulein?

Cäcil. Ach!

Lottch. Nun den Seufzer versteh ich. Das Jawort wäre also von beyden Seiten da

Landb. Holde Lippen, die mein Glück verkünden —

Lottch. Das wüßten Sie. Also weiter: wollen Sie das Fräulein heurathen?

Landb. O daß es der Himmel wolle!

Lottch. (zu Cäcilien) Und Sie?

Cäcil. Ich sage ebenfalls ja.

Lottch. Nun das könnte allenfalls ein Tauber verstehen: mithin — —

Landb. Aber wenn — —

Lottch. Wir wollen sehen — —

Cäcil. Ich wünschte — —

Lottch. Lieber heute als morgen, nicht wahr? - - - (sie wird Julchen gewahr) Schön! da haben wir wieder was neues.

Fünfter Auftritt.

Die Vorigen, Julchen.

Julch. Ey, ey! vortreflich! — Ihr guten Kinder; der Mond hat euch wohl viel Glück gebracht. Er scheint seine Prophezeihungen sehr bald zu erfüllen.

Cäcil.

Cäcil. Ach Lottchen, was fangen wir nun an?

Landb. Da sind wir verrathen.

Lottch. Nur stille! ich wills schon machen.

Julch. (zu Lottchen) Wer ist denn der Herr da?

Lottch. Ey fragen sie mich doch nicht so. Als ob Sie den Herrn nicht kennten. — Er ist ja ihrentwegen hier.

Julch. Meinetwegen?

Lottch. Ja freylich. Thun sie nur nicht so fremde. O wir wissen alles! — Nicht wahr, Herr Hauptmann, Sie sind blos hieher gekommen, um das Fräulein Julchen zu sprechen?

Landb. Ich bitte - -

Lottch. O, da hilft nichts, das hab ich bald errathen. Die Unruhe, mit der Sie ins Haus kamen; die erste Frage nach dem jüngsten Fräulein; ihre öftern Spaziergänge bey unserm Hause; ihre Blicke, die immer auf das Fenster der Kleinen geheftet waren; ihre Erröthung, so bald das Fräulein ins Zimmer trat; ihre itzige Verwirrung; alles verräth uns ihr Geheimniß.

Julch. (zu Lottchen) Redest du im Ernste? (bey Seite) Ich bin glücklicher, als ich glaubte.

Landb. Verzeihen Sie mir gnädiges Fräulein! Es ist sehr unbesonnen - - aber - - o erlauben Sie mir, mich zu entfernen.

Die unruhige Nacht,

Furcht spricht aus meinem Blick, ‒ ‒
Mein Herz bleibt hier zurück ‒ ‒
O wird sie mich erhören? ‒ ‒
O dürst ich mich erklären! —
Die Ehrfurcht lehrt mich schweigen —
Und Seufzer nur bezeigen
Die Regung meiner Brust.
Schwer ists, dich zu verlaßen! —
Doch kaum kann ich mich faßen.
Von Arglist, von Verstellung
Hat nie mein Herz gewußt.

(er geht ab.)

Sechster Auftritt.

Cäcilie, Julchen, Lottchen.

Lottch. Nun da sehn Sie's Fräulein Julchen, der ist schön zugerichtet, der stirbt vor Liebe, wenn Sie ihn nicht erhören.

Julch. Die Liebe muß sehr plötzlich entstanden seyn.

Cäcil. Verstelle dich nur nicht. Indeß bewundre ich seinen Geschmack; er muß ein rechter Kenner der Schönheit seyn.

Julch. Nur nicht so spöttisch, Fräulein Schwester, nur nicht so spöttisch. Ich glaube, du fängst an ein wenig neidisch auf mich zu werden.

Cäcil. Neidisch? — Nein, wahrhaftig, daran denkt mein Herz nicht!

Wie könnt' ich dich beneiden!
Das wäre wohl zum lachen;
Nein, solche hohe Sachen,
Kind! bilde dir nicht ein!
Du bist ganz wohl zu leiden,
Hast Geist für deine Jahre,
Doch noch zu junge Waare
Mir fürchterlich zu seyn.
Was sagst du Lottchen? rede:
Ich laße dich entscheiden.
Darf ich sie wohl beneiden?
Gelt, dahin ists noch lang?
Sey ruhig, liebstes Julchen,
Lieb ohne Scheu und Sorgen,
Ich bin vor dir geborgen,
Du machst mir gar nicht bang.

(geht ab.)

Siebenter Auftritt.

Julchen, und Lottchen.

Julch. Sie spricht da in einem Tone, den ich nicht verstehen kann. Habt ihr euch etwan mit einander verabredet mich zum beßten zu haben?

Lottch. Was fällt Ihnen ein?

Julch. Aber der Herr sprach nicht deutlich genug zu mir. — —

Lottch. Und merkten Sie denn nicht, daß er sich vor ihrer Schwester scheute?

Julch.

Julchen. Wenn er es lieber meinem Vormund sagte.

Lottch. Das thut er morgen, wenn es Ihnen recht ist — — Aber ich dächte, sie sollten erst noch einmal mit ihm reden, damit sie wüßten, ob er Ihnen auch recht gefällt.

Julch. O das hab' ich schon gesehen.

Lottch. Aber er sollte doch von Ihnen erst die Erlaubniß dazu haben.

Julch. Ja, das wohl.

Lottch. Wenn's Ihnen also recht wäre, so bestellte ich Ihn Morgen her.

Julch. O ja, liebstes Lottchen, ich überlaße mich dir ganz.

Lottch. Ich will ihn nur hinaus laßen, und es ihm sagen; (für sich) hernach meines Johanns Magen versorgen. (geht ab.)

Achter Auftritt.

Julchen allein.

Wenn das alles wahr wäre, das wäre vortreflich! Meine Schwester soll nur sagen, sie beneide mich nicht, fürchte sich nicht vor mir, ich weiß doch, daß sie sich nur so stellt, und innerlich vor Aergerniß schäumt.

Seinen eignen Werth erheben,
Weiß ich freylich, schickt sich nicht;
Doch ich hab' auf Ehr und Leben
Kein verachtendes Gesicht.

An mein Alter stößt man sich?
Das ist wahrlich lächerlich.
Jugend ist ein solch Gebrechen,
Gegen das kein Weib wird sprechen,
Welches keine gern verliehrt.
Solch ein Fehler ist die Jugend,
Der die Weiber mehr als Tugend,
Mehr als aller Reichthum ziert.

(geht ab.)

Neunter Auftritt.

Oront allein, als Gerichtsperson gekleidet, alsdenn ein Bedienter, als Gerichtschreiber und Andere als Gerichtsdiener.

Oront. Das ist wahr, es ist doch ein angenehmes Ding um die liebe Welt! Nichts kann man darinn ohne Geld richten; und doch sagt man mir nach, ich wäre ein Geizhals. Da hab' ich eben ein Beyspiel an der lieben Sicherheitswacht; die theuern Wächter der öffentlichen Ruhe wollen die zwey Schurken nicht einsperren, ausgenommen, ich zahle die Kosten, und steh' ihnen gut, daß es wirklich ein paar Spitzbuben sind. Galgengebrauch! Da wag ich nicht einen Pfenning. Doch um mich sicher zu stellen, daß sie schuldig sind, will ich sie selbst verhören, damit ich sie nachher desto sicherer angeben kann. Sie werden mich für einen Gerichtskommißär halten, und aus Furcht reden.

Eben recht: da ſetz dich hin, Peter, du ſtellſt den Gerichtsſchreiber vor, und ihr andern ſeyd die Häſcher. — Itzt laßt mir den kommen, der da drinn iſt. (zeigt auf die Thüre, wo Lorenz iſt.) Da habt ihr den Schlüſſel Gebt euch ein wenig Anſehn. (der Bediente öffnet die Thüre.)

Zehnter Auftritt.

Lorenz, die Vorigen.

Oront. (für ſich) Da iſt er.
Lor. (für ſich) Wie? vor Gericht? und hab' nicht einmal was angeſtellt? o ich will mich ſchon herauswickeln.
Oront. Wie er angeſchlichen kömmt! — Immer näher Purſche.
Lor. (mit tiefer Verbeugung) Gnädiger —
Oront. Kurz und gut, wie heißt ihr?
Lor. Lorenz Blitzblau.
Oront (zum Schreiber) Schreib er das hin. — Was habt ihr hier im Hauſe verlohren?
Lor. So viel ich weiß, nichts.
Oront. Nun, warum ſeyd ihr denn hergekommen?
Lor. Ja, das weiß ich ſelbſt nicht.
Oront. Was du Schlingel?
Lor. Nein gnädiger Herr; ich mußte her, ich mochte wollen, oder nicht.
Oront. Wer hat euch dazu gezwungen?
Lor. Hören Sie nur! — —

ein komisches Singspiel. 41

    Johann der Halunke ‒ ‒
Oront. Halunke ‒ ‒ das schreib er!
Lor. Der führte mich gestern
   Im finstern hieher.
Oront. Das schreib er! ══ Was mehr?
Lor. Mehr kann ich nicht sagen;
   Es ihm zu versagen,
   Das war mir nicht möglich;
   Ich bin zu verträglich
   Zu redlich, zu treu.
Oront. Doch was macht die Mauer
   Des Gartens dabey?
Lor. Ja, wenn sie belieben ‒ ‒
Oront. Die Wahrheit zu hören.
Lor. Wahrhaftig in Ehren!
Oront. Nur weiter! — geschrieben. —
Lor. Ich red' ohne Scheu.
   Es reiflich erwogen,
   So hat der Verräther
   Mich schändlich betrogen,
   Ins Garn mich gezogen,
   Und er ist der Thäter;
   Fort ist er gegangen,
   Weg ist er geflogen,
   Mich läßt er gefangen,
   In schimpflicher Schmach.
Oront. Doch langsam! — der Schreiber
   Kömmt sonst ja nicht nach!
Lor. So schreib er!
Oront.   Geschrieben!
Lor. Am Abend ‒ ‒
Oront.   Am Abend,
  C 5   Lor.

Lor. Hat Johann ♦ ♦
Oront.   Hat Johann
Lor.   Mich armen ♦ ♦
Oront.   Mich armen ♦ ♦
Lor.   Gutherzigen Tropfen ♦ ♦
Oront. Ein wenig geschwinder!
Lor.   Nur etwas Geduld.
        Ich ließ mich bethören,
        Den Antrag zu hören,
        Und ihn zu gewähren,
        Ohn Arglist, in Ehren,
        Ich kann darauf schwören.
        Mein Herr, wie Sie hören,
        Ich habe nicht Schuld.
Oront. Zum Henker, was ist das?
        Ihr sprecht zu geschwinde;
        Man hört ja kein Wort.
Lor.   So schreib er ♦ ♦
Oront. (ihm nachäffend) So schreib er ♦ ♦
        Ich bin es schon müde;
        Geht diesmal nur fort.
Lor.   Ich gehen?
Oront.   Ja, dorthin!
Lor.   Verzeihen Sie
Oront.   Ich bitte
        Gehorchen sie mir.
Lor.   Erlauben Sie mein gnädiger,
        Hochweiser und gestrenger Herr,
        Ich bleibe nicht gern hier.
        Verfahren Sie, mein gnädiger

                                    Hoch-

ein komisches Singspiel.

Hochweiser und gestrenger Herr,
Nicht gar zu hart mit mir.
(Er wird wieder in das vorige Zimmer geführt.)

Eilfter Auftritt.

Oront, und die Vorigen, hernach Johann.

Oront. Das ist ein Spitzbube, ein Galgenvogel! (zu den Bedienten.) Laßt den andern heraus.

Joh. (kömmt. Für sich.) Verdammtes Geschick! ich glaubte Lottchen mit Milchrahmstrudeln und Gerbennudeln zu treffen, und finde da die verdammte Perücken.

Oront. Nur näher, junger Herr.

Joh. Hier bin ich zu dero Befehl.

Oraut. Wer seyd ihr? wie heißt ihr?

Joh. Mein Name ist, Johann Immergrün. Mein Vater war ein Friseur, mein Großvater ein Kammerdiener, und ich armer Teufel, habe es noch nicht höher als zum Liebreebedienten bringen können.

Oront. Geschrieben.

Joh. (für sich.) Nur geschrieben, ich habe für keinen Pfenning Furcht.

Oront. Sagt mir die Wahrheit.

Joh. O! die klare, reine, lautere Wahrheit.

Oront. Warum seyd ihr diese Nacht hier ins Haus gekommen?

Joh.

Joh. Ein gewißer Lorenz Blitzblau hat mich gebeten ihn herzubegleiten.

Oront. Der hat dich gebeten?

Joh. Ach was sag ich, gebeten; er hat mich mit Gewalt dazu gezwungen.

Oront. Die Schurken! — (bey Seite, zu einem von den Bedienten.) Geht hin, und führt den andern ganz sachte wieder heraus. — zu Joh.) Noch einmal, sagt mir die Wahrheit. Hat euch Lorenz dazu verleitet?

Joh. Ja, gnädiger Herr, kein andrer, als er.

Oront. Nun, da ist er selbst.

Zwölfter Auftritt.

Die Vorigen und Lorenz.

Joh. (für sich) O verflucht! itzt sitz ich schön in der Patsche.

Lor. für sich) Hat der Teufel den auch da? Nun bin ich gefangen.

Joh. (für sich) Drum den Muth nicht verlohren!

Lor. (für sich) Nur nicht verzagt!

Oront. Nun meine Herren, laßt hören, wer hat nun Schuld? — Vielleicht alle Beyde, Nicht wahr?

Joh. Lorenz.

Lor. Unverschämter! — Ich will dich gleich zum Schweigen bringen (Er zieht einen Brief heraus) Sehen Sie, gnädiger Herr, hier ist

ist ein Brief von einem Fräulein hier aus dem Hause, die in seinen Herrn verliebt ist, und der ihn deßwegen die Nacht hergeschickt hat.

Oront. A ha! Herr Spitzbube, sind wir nun im klaren? der Brief soll uns schon entdecken — —

Joh. (bey Seite.) Der verdammte Brief! — Hören Sie nur gnädiger Herr „ „

Oront. Ich will itzt nichts weiter hören. Nur wieder dort hinein!

Joh. Ich mag nicht.

Oront. Das wollen wir sehen, Schlingel! (zu den Bedienten.) Hinein mit ihm.

Joh. Durchaus nicht. (er wehrt sich, und kommt an die andre Thüre, wo Lorenz gewesen.)

Oront. So, so, es ist einerley, ob er da oder dort sitzt.

Johann wird in dem Zimmer eingesperrt, wo vorhin Lorenz war.

Lor. Ich empfehle mich also, gnädiger Herr.

Oront. Nicht empfohlen junger Herr, du bleibst hier. Das Ding muß genau untersucht werden. Ueber den Brief müssen wir dich auch noch weiter abhören.

Lor. Sie können versichert seyn, ich weiß weiter von der ganzen Sache nichts.

Oront. Gut, gut, das wird sich zeigen, unterdessen gehst du wieder ins Loch.

Lor. Ich bitte, gnädiger Herr —

Oront (zu den Bedienten.) Führt ihn hinein.

Lor.

Lor. Es ist nicht nothwendig, ich kann schon allein gehn. Ohne Complimente! Verdammte Liebe! das geschieht alles deinetwegen. (er wird dahinein geführt, wo vorher Johann war.)

Oront. (zu den Leuten.) Jetzt könnt ihr gehn, ich werd euch morgen schon ein Glaß Bier zusammen geben,

(Die Leute gehen mißvergnügt ab.)

Dreyzehnter Auftritt.

Oront, allein.

Der Brief ist also von einem meiner Mädel geschrieben? welche wird's wohl seyn? Die Freche! Laß sehn. Er ist offen und ohne Unterschrift, wie die Art Briefchen zu seyn pflegen — Ob ichs an der Schrift nicht — — Nein, es schreibt eine wie die andre, weil ich sie selbst gelehrt habe. Ohne Zweifel ist's Cäcilie, sie hat mirs ja ins Gesicht gesagt, daß sie heurathen will. Die andre ist ein gutes Kind. Warte, ich will dir's eintränken.

In ein Kloster soll sie gehen! . .
Doch, das kostet neues Geld!
Keinen Menschen soll sie sehen! . .
Doch, was sagte da die Welt?
Wär' mit Güte mehr zu richten?
Soll ichs wagen? O mit nichten!
Welche Sitten! welche Zeiten! —
Rieß der Strom der Eitelkeiten

ein komisches Singspiel.

So gewaltig jemals ein?
Niemals so; wahrhaftig nein.
Kaum dem Gängelband entrinnen
Und schon auf die Heyrath sinnen,
Und der Alten Rath verschmähn,
Und schon nach den Männern sehn! —
Welche Zeiten, welche Sitten!
O, das ist nicht auszustehn.

(er geht weg und nimmt das Licht mit sich.)

Vierzehnter Auftritt.

(Lottchen. im dunkeln mit einem Teller in der Hand, worüber ein Serviet. hernach Lorenz.)

Lottch. Da bring ich für meinen Johann eine kleine Herzstärkung. Der arme Junge! wie ihn der grobe Alte erschreckt haben mag. Ich will ihn dafür wenigstens laben so gut ich kann — — (sie tappt herum.) Ich finde die Thüre nicht — — Oho! da ist sie. (sie macht die Thüre auf wo Lorenz ist.) Hm! hm!

Lor. (innwendig.) Hm! hm!

Lottch. Ich bins, ich bins Johann, ich bring dir was zu eßen.

Lor. (für sich.) O das ist vortreflich!

Lottch. Da, liebes Hännschen hast du unterdessen ein Stück Kugelhupf nnd ein Paar Pastetchens. Die Michrahmstrudeln muß ich erst wärmen

men, so bald sie warm sind, werde ich sie herbringen. Ich laß unterdessen die Thüre offen, denn ich komme gleich zurück.

Lor. (geht hinein und macht innwendig zu.)

Lottch. Er sagt kein Wort? er ist schon wieder hinein, und hat die Thüre zu gemacht. Er hat nicht Unrecht, er fürchtet sich vor dem Alten. (Sie geht im Abgehen, die andre Thüre vorbey, an die innwendig gepocht wird.)

Fünfzehnter Auftritt.

Lottchen, Johann.

Lottch. Wer pocht denn da? — Ach, das ist der Schlingel, der Lorenz. Sitze du immer! dir geschieht schon recht.

Joh. (von innen.) Grausames Lottchen! kannst du so mit mir umgehen?

Lottch. O weh, was hör ich! Du bist hier, Johann?

Joh. Leider! zu meinem Unglück.

Lottch. (für sich.) Das ist ein verdammter Streich! (laut.) Wart, ich mach dir auf. (macht die Thüre auf.)

Joh. Unbarmherzige! ist das das Essen so du mir gebracht hast? Ich glaube, du möchtest mich gern aufhängen sehen.

Lottch. Wie, du bist hier? warst du nicht in dem andern Zimmer?

Joh.

Joh. Da war ich, sie haben mich aber dahergesteckt, um meinem Leben ein Ende zu machen.

Lottch. Und wer ist dort drinnen?

Joh. Vermuthlich, Lorenz.

Lottch. O du armer Narr, das Essen — —

Joh. Nun? wo ist's?

Lottch. Ich dachte, ich hätte es dir gegeben, das hat also der Spitzbube bekommen.

Joh. Wer?

Lottch. Ey Lorenz.

Joh. Lorenz? Ach jetzt begreif ich alles, itzt bin ich überzeugt, daß du's mit dem hälltst, und ich bin der geiöppte.

Lottch. Nicht doch, ich hab' mich ja nur geirrt.

Joh. Bewahre! Ich hab mich geirrt, da ich dich für treu hielt.

Lottch. Du kränkst mich entsetzlich, wenn du so von mir denkst. Hast du wohl Ursache dazu?

Joh. Geh, geh, ich glaub dir kein Wort mehr.

Lottch. Diese Gedanken;
Meide und lieb mich,
Mein Bester, denn ewig
Bleib ich dir treu.
(Sie tappt herum ihn zu finden.)
Fänd ich dich doch!
Bleibe doch noch
Und höre, daß dein nur
Ich einzig sey.
Hab' ich dich endlich!
(Sie erwischt ihn bey der Hand.)

Die unruhige Nacht,

Sey doch erkenntlich;
Zweifle nicht länger
An meiner Liebe.

Joh. Nun — ja — ja — ich glaube.
Lottch. Nun sinket wieder
Der Gram darnieder,
Du liebst mich, nun blühet
Wieder mein Glück.
Warte noch ein wenig
Meines Herzens König!
Gleich komm' ich voll Freuden
Wieder zurück.

(geht ab.)

Sechzehnter Auftritt.

Johann, hernach Lorenz.

Joh. (noch immer draußen.) Das wäre doch arg, wenn es ihr mit alle den Betheurungen nicht Ernst seyn sollte! — — aber der Spitzbube Lorenz frißt unterdessen da drinne, der Vielfraß; und ich verschmachte hier fast vor Hunger. Ich will versuchen, ob ich ihn herauslocken, und ihm seine Mahlzeit vor der Nase wegnehmen kann. (er geht an die Thüre, wo Lorenz ist.) Hm! hm!

Lor. (von innen.) Bist du da Lottchen?

Joh. (mit verstellter Stimme.) Ja, ja, mach auf.

Lor. (noch drinnen.) Was bringst du mir mein Herzchen?

Joh.

Joh. (für sich) Der Schlingel! wart ich will dich beherzchen! (laut, aber verstellt.) Was zu trinken.

Lor. (macht auf.) Gieb her, mein Englichen!

Joh. (Schleicht sich hinein, und schließt geschwind hinter sich zu.)

Lor. Wo bist du? (er tappt umher.) — Wo muß sie denn seyn? — Was heißt das? — Je nun! ich will indessen vollends essen — (er sucht die Thüre.) Zum Henker! die Thüre ist ja verschlossen! Was bedeutet das? — Und da höre ich gleich jemand kommen; wo soll ich hin? (Im herumtappen findet er die andere Thüre.) Ha! hier ists offen! da will ich so lange hinnein. (er schließt hinter sich zu.)

Siebenzehnter Auftritt.

Lottchen, ohne Licht, mit einem andern Teller und Flasche Wein; hernach Lorenz.

Lottch. Der arme, gute Johann! Bald hätte er nichts bekommen. Dasmal soll's ihm der Schurke gewiß nicht wegschnappen. (Sie geht an die Thüre, wo itzt Lorenz ist.) He Johann!

Lor. (macht auf.) Was ist's?

Lottch. Geschwinde, hier ist gebackenes; da hast du auch zu trinken! — Glaubst du nun, daß
ich

Die unruhige Nacht,

ich dich lieb habe? — Der Alte hat mich geruffen; ich muß fort. (geht ab.)

Lor. Hui! Ein Glück übers andere! Nun meynt's der Himmel einmal gut mit mir! — Warte, das soll gut schmecken.
(er geht hinein.)

Achtzehnter Auftritt.

Johann (kömmt aus seinem Zimmer einen Teller in der Hand und ißt.)

  Kein Mensch läßt sich mehr hören;
  Sie liegen schon im Schlafe.
  Könnt' ich itzt meiner Strafe
  Durch List und Flucht entgehn.

Lor. (Der ebenfals mit seinem Teller her auskömmt.)
  Sie wird mir unerträglich,
  Die Kammer, wo ich sitze;
  Die stinkend grosse Hitze
  Ist nicht mehr auszustehn.

Joh. Den hab' ich rar erhaschet.
Lor. Dem hab' ich's weggenaschet.
Beyde. Nach langem, langem Hunger,
  Schmeckt mir es doppelt schön.
Joh. Doch, was ist das? — Es ist mir,
  Als ob hier jemand spräche.
Lor. Ha, was ist das? Es ist mir,
  Als ob ich Eßen röche.
Bey

ein komisches Singspiel.

Beyde. Gewiß bringt mir mein Lottchen
 Itzt auch ein Fläschchen Wein.
 (Sie nähern sich einander)
 Es kommt mir immer näher;
 Wer sollt' es anders seyn?
(Sie faßen einander die Hände und fahren zurück)
Joh. Was ist das?
Lor.   Was fühl ich?
Joh. Wie? Lorenz?
Lor.   Johann ist's?
Joh. Du Schurke!
Lor.   Du Betrüger!
Beyde. Das soll dich gereun.
(Sie setzen jeder seinen Teller auf die Erde)
Oront. Nun endlich scheints hier ruhig,
 Und aller Zank entschieden,
 Doch trau ich nicht dem Frieden;
 Nie muß man sicher seyn.
(Er kommt ohngefehr zwischen Johann und Lorenz. Diese suchen sich, kommen beyde auf Oronten, und glauben einer den andern zu haben)
Oront. Ach! Hülfe! rettet! rettet!
Johann und Lorenz.
 Sey stille, willst du leben.
Oront. Hier giebts Verrätherey.
Lor. Hier hülft kein wiederstreben.
Oront. Wer hülft! wer steht mir bey!
          (zitternd)
Joh. Du bleibst gefangen.
Oront. Habt Mitleid, laßt mich frey!
                    Lor.

Lor. (zieht einen Dolch hervor)
Bereite dich zum Ende.
Joh. (zieht ein Messer hervor)
Schurk' ich hab' auch noch Hände.
Oront. Habt Mitleid, laßt mich frey!
kommt denn kein Mensch herbey?
Lottch. (mit Licht.)
O weh! was muß ich sehn!
Joh. Was seh' ich!
Lor. Wie? der Alte?
Lottch. (heimlich zu Lorenz und Johann)
Itzt rath ich euch zu gehn.
Oront. Zu Hülfe! zu Hülfe!
Sonst ists um mich geschehn.
Lottch. (heimlich zu Lorenz und Johann)
Seyd klug die Thür ist offen,
Geht, nützt den Augenblick.
Lorenz und Johann.
Ich will gehen und will hoffen,
Daß ich zu meinem Glück.
In Freyheit komm zurück.
(sie gehen sachte fort.)
Lottch. (stille und lachend)
Wahrhaftig guter Alter,
Du dauerst mich bey nah!
(geht lachend mit dem Licht ab.)
Or-

Oront. Nun ist es endlich stille.
Ich glaub' ich bin voll Wunden,
O! was hab' ich empfunden!
(Cäcilie und Julchen kommen mit Licht.)
Zu Hülfe! wer ist da?

Cäcilie und Julchen.
Was machen Sie denn hier?
Ist Ihnen was geschehen?

Oront. Das ist nicht auszustehen.
Ihr laßt mich hier ermorden?
Was ist aus euch geworden!
So handelt ihr mit mir?

Cäcilie und Julchen.
Das mus uns wahrlich kränken,
Uns so etwas zu zeihn.

Oront. Ich weiß, was ich soll denken,
Es soll euch schon gereun.

(Lottchen. kömmt ängstlich gelaufen.)
O weh! wie ist mir bange.

Oront. Was wird das wieder seyn?

Lottch. Die Polizey weiß alles,
Daß Sie sie hintergangen,
Und Leute eingefangen,
Nun nimt man sie beym Kopf.

Oront. Das hab' ich euch zu danken.
Ich werd mich ruiniren
Und Haus und Hof verliehren.
O weh! ich armer Tropf!

Lor.

Die unruhige Nacht,

Lorenz und Johann (kommen zurück.)
  Nun haben wir erfahren
  Wie man uns hintergangen,
  Wir wollen Recht erlangen
  Wart Alter, dich solls reun.

Oront. O weh! ich bin gefangen!
  Was wird das Ende seyn.

Lottch. Gelassen!

Cäcilie und Julchen.
  Seyn Sie ruhig!

Oront. Nur ihr laßt mich zufrieden,
  Gleich packt euch fort von hier.

Joh. Wie fein der Herr entschieden!

Lor. Und allen Groll vermieden!

Oront. Geht, schert euch fort von mir.

Johann und Lorenz.
  Gestrenger und genädigster,
  Ich bin Ihr Unterthänigster.

Oront. Geht, packt euch fort von hier,

Lottch. So seyn Sie doch gelassen.

Cäcilie und Julchen.
  So seyn Sie doch nur still.

Oront. Ich weiß mich nicht zu fassen,
  Geht hin, wo jedes will.

ein komisches Singspiel.

Alle.
O Nacht voll Aergernüß!
Nacht voll Gefahren!
Die statt Entzücken
Unruh gewährt.
Man liegt voll Mißverstand
Sich in den Haaren;
Statt sich erquicken,
Ist man voll Sorgen
Was uns auf Morgen
Noch ist beschert!

Ende des zweyten Aufzugs.

Dritter Aufzug.

(Ein Zimmer mit einem Tische und Licht darauf.)

Erster Auftritt.

Oront allein.

Ich kann mich von dem Schrecken und von der Angst noch nicht erholen. Es ist nicht anders, man hat mich ermorden und alsdann ausrauben wollen. Die Spitzbuben! wie sie mir auf beyden Seiten Messer angesetzt haben. Ich muß doch irgendwo ein Loch haben, sie stießen ja entsetzlich in mich ein. (er untersucht sich) Gottlob! ich bin noch glücklich davon gekommen. Aber wie ich mit der Polizey auseinander kommen werde, das ist eine andre Frage. Die Herren lassen sich so ungern ins Handwerk greiffen, weil sie sich nicht gern beschämen lassen — — und ich habe da Gericht gehalten, das möchte Geld kosten, wenn ich niemand finde, der sich meiner annimmt.

Zweyter Auftritt.

Oront, und Julchen.

Julch. (da sie Oronten sieht, furchtsam, und will wieder zurück) Mein Vetter noch auf?

Oront. Was suchst du Julchen?

Julch. (für sich) O weh! — — Herr Vetter — —

Oront. Komm' her, fürchte dich nicht, ich weiß, du bist unschuldig, ich kenne dich, du bist ein gutes Kind — aber nun sag' mir auch die Wahrheit!

Julch. (für sich) Itzt erhol' ich mich wieder. Von Herzen gern, Herr Vetter, ich will Ihnen alles sagen, was ich weiß.

Oront. Sag mir, mein Kind, kennst du einen gewissen Hauptmann Landberg?

Julch. Ja, Herr Vetter.

Oront. Ist's wahr, daß er hier im Hause verliebt ist?

Julch. Ja, Herr Vetter.

Oront. Verflucht!

Julch. Herr Vetter, wenn Sie zornig werden, so weiß ich kein Wort mehr.

Oront. Nein, nein, mein Kind, ich bin nicht zornig. Aber was hat er für eine Absicht?

Julch. Eine sehr löbliche.

Oront. Etwan zu heurathen?

Julch. Ja, Herr Vetter, zu heurathen.

Oront.

Oront. Weißt du nicht, ist er reich?

Julch. Sehr reich.

Oront. Von gutem Hause?

Julch. Von sehr gutem

Oront. (für sich) Reich, ein Hauptmann, von gutem Hause, der kann der Polizey gegen mich Stillschweigen auflegen. — Glaubst du wohl, wenn ich ihn durch Cäcilien zu mir bitten ließe, daß er kommen würde?

Julch. Warum durch Cäcilien?

Oront. Aus gewißen Ursachen.

Julch. Wenn Sie ihn sprechen wollen, so will ich ihn herbitten.

Oront. Du?

Julch. (schamhaft) Ja, ich.

Oront. Und er ist Cäciliens Liebhaber?

Julch. (munter) Nein, der Meinige.

Oront. Der Deinige?

Julch. (mit einer naiven Verbeugung) Ja, Herr Vetter.

Oront. Wo kommt die Welt hin! Zuletzt werden die Mädchen am Gängelbande Liebhaber haben.

Julch. Nun, was wundern Sie sich denn so? daß er mich meiner Schwester vorgezogen hat?

Oront. Weil's ganz was ungewohntes ist. Laß ihn also nur herbitten — Aber höre — betrügst du dich nicht etwann?

Julch. Bewahre, Herr Vetter. Ich weiß so sicher, daß er nur in mich verliebt ist, als ich weiß, daß ich einen Kopf habe.

ein komisches Singspiel.

Es sind die Erstgebohrnen
Nicht immer vorzuziehn;
Dieß sind die Auserkohrnen,
Wo Schönheit, Jugend blühn.
Herr Vetter, ach, ich bitte,
Stehn Sie doch ja nicht an,
Vergönnen Sie aus Güte,
Mir diesen reichen Mann.

(geht ab.)

Dritter Auftritt.

Oront, hernach Cäcilie.

Oront. So bald er reich ist, ohne Umstände. Mir ist selbst damit gedient. Aber wie das gekommen ist, begreif' ich nicht. Ich hatte immer Cäcilien im Verdachte, und sieh da, das unschuldige Julchen läuft der schlauen Cäcilie den Rang ab.

Cäcil. Herr Vetter.

Oront. mürrisch) Was giebts?

Cäcil. Immer aufgebracht?

Oront. Wenn ich's bin, so hab ich meine Ursachen dazu. (für sich) Sie kann mir itzt so nichts helfen.

Cäcil. Ich wollte Ihnen was sagen, aber Sie brummen in einemweg.

Oront. Was hast du? was solls seyn? geschwind.

Cäcil.

Cäcil. Es schmerzt mich, daß ich Sie so niedergeschlagen seh, und daß Ihnen die Polizey einen Prozeß anhängen will.

Oront. Ich habe am Ende nicht so viel gethan, daß ich Ursache hätte mich so zu fürchten, und ein wenig Protektion wird mir schon heraushelfen.

Cäcil. Das glaub' ich auch. Und bin eben deswegen gekommen Ihnen einen Protektor vorzuschlagen.

Oront. Und wen?

Cäcil. Einen gewissen Hauptmann Landberg.

Oront. Den kenn' ich schon, und hab' ihn eben herruffen lassen.

Cäcil. Durch wen?

Oront. Julchen wird ihn herbringen.

Cäcil. Julchen? Wie kommt die dazu?

Oront. (etwas spöttisch) Weil es ihr Liebhaber ist.

Cäcil. Ihr Liebhaber? (lachend) Ha! ha! da sind Sie irre, Herr Vetter.

Oront. Irre? Wen liebt er denn also?

Cäcil. Mich, wenn Sie erlauben.

Oront. Dich? Nun, das ist allerliebst. Ha! ha! ha!

Cäcil. Es ist nicht anders, und er verlangt mich zur Frau.

Oront. Nun wahrhaftig, eine von euch beyden ist angeführt, du oder Julchen. Vielleicht seyd ihrs auch alle beyde.

Cäcil. Ich bin meiner Sache gewiß. Wollen Sie einen Beweiß haben, so lesen Sie diesen Brief.

Oront.

ein komisches Singspiel.

Oront. Ja, ich sehe freylich — — daß ihr alle beyde unverschämte Mädchen seyd.

Sich zu erfrechen,
Die Pflicht zu brechen!
(Doch still, ich brauche
Ihren Galan.)
Man tritt zur Schande
In Liebesbande. —
(Stille! ich komme
Sonst übel an.)
Für junge Mädchen
Steht das nicht schön.
(Es ist das Beßte,
Ich laß es gehn.)
Er soll nur kommen,
Ich will ihn sehn.   (geht ab.)

Vierter Auftritt.

Cäcilie allein.

Brumme so lange du willst, Landberg muß am Ende doch mein seyn. Ich will ihm gleich sagen lassen, daß ich ihn mit größter Ungeduld erwarte. Julchen bleibt am Ende die gefoppte.

(geht ab.)

Fünf=

Fünfter Auftritt.

Lottchen, Johann, hernach Lorenz.

Lottch. Ich glaube, es wird diese Nacht gar kein Friede, kein Mensch denkt ans Schlafengehn. Ich hätte nichts dagegen, wenn ich nur meinen Johann eine kleine Viertelstunde hätte im Vertrauen sprechen können; und nichts, gar nichts mit ihm zu reden, das ist doch betrübt.

Joh. Kann ich kommen?

Lottch. Johann! liebster, bester Johann, du kommst noch einmal wieder?

Joh. Ja, weil mirs mein Herr befohlen hat.

Lottch. Und auser dem wärst du nicht gekommen?

Joh. Nein.

Lottch. Warum nicht?

Joh. Weil ich nichts mehr von dir wissen mag.

Lottch. Und warum das?

Joh. Weil ich gesehn habe, daß du mich nicht liebst, und nie geliebt hast.

Lottch. Das kannst du mir sagen! fürchtest du dich nicht der Sünde?

Joh. Nicht im mindesten, ich habe zu viel Ursachen.

Lottch. Laß doch hören.

Joh. Was das unverschämt ist! Du hast noch's Herz mich aufzufodern? Betrügst du mich nicht auf allen Ecken? Schwörst mir Liebe, und liebst einen andern? Versprichst mir Eßen zu bringen, und trägst mirs bey der Nase vorbey zu ihm? Das erſtemal hätt' ichs gehen laſſen, es konnte eine Irrung ſeyn, aber das zweytemal es wieder ſo machen wie das erſtemal, das iſt zu toll.

Lottch. Was? Habe ich dir nicht das zweytemal in das Zimmer, wo ich dich vorher geſprochen habe, Eßen gebracht?

Joh. Da war Lorenz ſchon wieder drinn, und ich war im andern.

Lottch. Bin ich nachher Schuld daran? Warum wechſelſt du alle Augenblicke?

Joh. O du haſt ihn gewiß gekannt.

Lottch. Da kann ich ſchwören, bey was du willſt.

Joh. Darf ich's glauben?

Lottch. Du kannſt's gewiß.

Joh. Nun ſo ſey's — — wenn du mich aber nicht liebſt!

Lottch. Ich bin dein, wenn du willſt.

Joh. Gewiß?

Lottch. Ja! mein Herz hängt nur an dir.

Joh. Beßte! wenn ich dich nicht ſehe,
Quält mich Argwohn, und ich leide;
Doch dich ſehen, welche Freude!
Aller Argwohn ſchwindet dann.

Lottch. Oft hab' ich dir's ſchon geſtanden,
Und ich wiederhohl's mit Freuden:
Daß mich nichts von dir ſoll ſcheiden,
Daß ich dir nur leben kann.

Joh. Wenn iſt Hochzeit?

Lottch. Nur entſchieden.

Joh. Willst du Morgen?
Lottch. Bin's zufrieden.
Joh. Also richtig?
Lottch. Von ganzem Herzen!
Beyde. Wir tauschen dann bey Hymens Kerzen
   Herz um Herz und Hand um Hand.
Lor. Mir ist angenehm zu hören,
   Wie sie ihre Lieb erklären,
   Doch Geduld, es hat noch Zeit.
Lottch. Ey was für Verwegenheit!
Joh. Ohne Grund würd' er nicht wagen
   Sich so dreuste zu betragen;
Lottch. Gut, er soll vor dir gestehen,
   Ob er Grund hat herzugeben.
   Lottchen und Johann.
   Rede; Sag die Wahrheit frey.
   Lorenz (für sich.)
   (Wart, du sollst ein wenig rasen.)
   Daß wir für einander brennen.
   Muß sie so, wie ich bekennen;
   Gelt, mein Kind, du stimmst mir bey?
Lottch. Ey! du Lügner!
Joh. Du Erzbetrügern!
   Lorenz. (zu Lottchen.)
   Sie vergeben.
Joh. Ey du Lügnern!
Lottch. Ach! ich vergehe! Liebste Seele!
Joh. Fort du Falsche!
   Lorenz. (zu Lottchen.)
   Mich erwähle.

Lottch.

Lottch. Fort Verräther!
Meine Glieder
Sinken nieder,
Als zerspränge mir das Herz.
Lor. Alles war von mir nur Scherz.
Lottch. (zu Johann)
Da höre.
Joh. Wer's gleich glaubte!
Lor. Ich schwör' bey meiner Ehre,
Daß sie nur dir gehöre.
Joh. Du führst mich nicht mehr an.
Lor. Freyht einander, lebt zufrieden,
Ich nehme Theil daran.
Lottchen. (zu Johann.)
Stehst du noch länger an?
Joh. Es sey nun abgethan.
Lottch. Die Hand mein Herzchen.
Joh. Wohlan, mein Schätzchen.
Lottch. Willst du mich nehmen?
Joh. Ich nehme dich.
Jedoch verzeihe.
Lor. Ey nichts von Reue
Itzt freue dich.
Joh. (zu Lottchen)
Nichts mehr von allem.
Ich will von Herzen
Mit munterm Scherzen
Dein eigen seyn.

Alle drey.
Freundschaft und Liebe
Soll uns beglücken;
Wonne, Entzücken
Sich stets erneun.

Sechster und Letzter Auftritt.

Die Vorigen, Oront, Cäcilie, Julchen, und Landberg.

Oront. Laß es gut seyn, Julchen; wenn dir schon Cäcilie dießmal dein Projekt vereitelt, wirst du doch nicht sitzen bleiben. Die Reihe wird auch an dich kommen. Ich gebe dir mein Wort, ich will dir einen eben so reichen und jungen Bräutigam aussuchen, als Cäcilie hat.

Julch. O auf die Gefahr dürfft ich vielleicht gar lange warten müssen; ich wills darauf nicht ankommen lassen, und mir lieber selbst einen suchen.

Oront. (zu Cäcilien und Landberg) Nun, meine Kinder, gebt euch die Hände; ich gebe meinen Segen dazu.

Landb. Theuerste Cäcilie, hier ist meine Hand, das Herz besitzen Sie längst.

Cäcil. Und Sie das meinige.

Oront Recht so. Morgen wollen wir alles bey Gericht ausmachen. Und wenn etwaun, wegen der Seßion, die ich die Nacht gehalten habe, was vorkommen sollte, so verlaß ich mich auf Sie, Herr Hauptmann, daß Sie alles schlichten.

Landb.

Landb. Besorgen Sie nichts. Ich stehe für alles.

Oront. Also lustig. Morgen haben wir Hochzeit!

Lottchen und Johann.
Hochzeit! Hochzeit! auf zwey Seiten,
Denn wir werden Sie begleiten.

Lor. Und ich freue mich indeßen,
Daß auch mir der Tag anbricht.

Julch. Auch mich wird man nicht vergeßen,

Lorenz und Julchen.
Aber wenn, weiß ich noch nicht.

Alle.

Auf die schwarzen finstern Nächte,
Folgen oft die schönsten Tage;
Und der Liebe Sehnsuchtsklage,
Stillet meistens Hymens = Lust.
Scheint der Himmel noch so trübe,
Ey so laßt uns drum nicht zagen,
Und der Munterkeit entsagen,
Freude, athme unsre Brust.

ENDE.